混乱のひかり

加藤治郎歌集

短歌研究社

混乱のひかり　目次

I

II

ブックデザイン　鈴木成一デザイン室

混乱のひかり

I

さきぶれ

ひさかたのひかりの道をわれは行く白いベンチのならぶその道

憎しみに無力なことは知っているそれでも朝のトースト香れ

栞紐はねのけて読む冬の朝　歌はひかりとおもうときあり

つまり虚構は甘い香りの麻薬なりイエス、イエス、イエス、首かざり

むらぎものこころもどきを削除して冬のまひるをまばたいている

わたくしに首はあるのか匿名の男はひとりつぶやきにけり

現実は劇薬である辛うじて声を発するＷＥＢ《ウエッブ》会議

雨なんかふってないからひじょうなるこうもり傘を人人人人《ばらばら》にする

絶望すれば楽だろうに真っ青な錠剤ひとつ押し出している

そうか、五七五七七こそ精巧な虚構の装置。春のさきぶれ

冬の遊園

そのうちに動きはじめるバスのなかひかりに変わるうすいてのひら

シャッターは灰色の舌、野良犬のどこにもいない三十一番街

ＩＤカード貸してくれたさ　さっくりと首から外すしなやかな指

廃観覧車かたかた回れセメントの澄んだ匂いに包まれて、冬

木馬は太い歯を剝き出しにしたままだ　がさりと俺の言葉を奪う

オルガンの鍵盤見れば凸凹《でこぼこ》で兵士の指の如し、十年
錆と葉のからむ廃園（もうだれも監視していない）さらさらと消ゆ

ボム

ゆるやかに鶴は地表に降り立ちぬニッポン軍の侵攻の風

アトミックボム、ごめんなさいとアメリカの少年が言うほほえみながら

飲食

貘を食うゆめをみているなにもかも透きとおってゆくあかときの部屋

オレンジ色の衣を遠く眺めれば戦後七十年の晩餐

あかあかと内なる肉の輝けり生きてゆくほか生きるすべなし

消耗の果てのゆうぐれ海鼠腸《このわた》を愛でる男になれない俺だ

飲食《おんじき》の音はかそけくしんしんとソースの壜に原不安あり

星と獣

さくら花かすかに翳る夕まぐれ言葉は風の中にはなやぐ

河津聖恵に。

朗読の唇ひらくほのほのと文字は息づくひそやかな春

朗読のくちびる閉じるさびさびと言葉は消えてひかりのくらさ

星空の底に集まるものたちよやいさあやいさ獣がうたう

銃殺と無縁であるかもしれませんそうおもうときうたを手放す

また夢におじゃましましたパロールのうすむらさきの花束抱いて

洒落た言葉は俺にはいらぬがたがたと春泥まみれの無限軌道は

恋

花水木みながらあゆむ話そうとしているのかな、ほのかな風に
先生のお宅というはまぼろしかまぼろしか、いえ、そこに見えます

前略とまず書いてみるあのかたのすべての日々を消し去るゆうべ

先生はときおり庭で背伸びする赤味を帯びる樫の若葉は

先生は白い書斎にこもりますそれは凍ったひかりのような

先生は苦しむおひと石膏の顔をゆがめてなにか書いている

草々の小さな文字を便箋に飾るおそらく庭に立つ人

先生の庭にふりつむ団栗はかぎりもしらにここにふりつむ

光る砂

邦人人質殺害事件

アイリスの花瓶に水のあふれゆくうすやみにふれている首すじ

なめらかな抽斗だったはらはらと人の写真が折り重なって

パンケーキに十字を刻むナイフから伝わるなにか斬るやわらかさ

てのひらにしろいひかりをのせているそれだけの朝　はこばれてゆく

蒼穹の処刑の邦人語らずに忘れることも語り尽くして消え去ることも

撮影の男は何か注文をつけただろうか、光る砂つぶ

ただひとつ首の置かれた体なり地下駅のエスカレーター昇る

分別の穴に頭をうずめてる老婆を見やり改札に行く

地下駅に順番を待つ頬肉のひきしまりつつひとふりの風

アビクキリナリ暑けりゃぬぎゃいいワイシャツの襟ひりひりとかがやく朝だ

パイプ椅子ぎしぎし開くあるものは背もたれのちぎれかけた銀いろ

黒鍵のひとさし指は白鍵におりてゆくまだ通告はない

のっぺらぼうのスマホに呼び出すいくたりの囚人服のアビクキリナリ

ひとひらの私の影を白昼のゼブラゾーンにすべらせている

アビクキリナリ残業時間赦されてオレンジじゅ、うす飲み干してナビ

クラッカーの穴がきれいに並んでるしずかな街のまよなかの穴

死は予告されていないがそこにあるザザザザダダダ空爆の日だ

観客席に棒切れのような爆風))))　みていただけなのに

空爆の動画を見たかザザザザザ光った裂けた弾けた消えた

テロリストが覗きこんでるみなだれも行きたい階のボタンを押して

熱風の匂いがちょっとたまらない取り出す肉まんのようなもの

奪われる言葉をもたぬ私に天窓を打つ朝の雨つぶ

かつては。

西の邦、東の邦がありまして日本を覆う宙吊りの屋根

握手をしよう花の手は握手をしよう砂の手はすこし痛いが

ころがっているのは何か（見るべきだ）ブリキの兵士三角あたま

かりかりの焼き菓子ひとつてのひらにそれでなくても焼け跡である

さくらばな陽に凍りつく広場には少年兵のすらりと並ぶ

黒蜜は空の穴より垂れてきて焦げた日本の地表を覆う

いつかきっとなにもかなしくなくなって朝の食パン折り曲げている

文字すべて明朝体に整えてさやかなりさや首はよろこぶ

声になりそうなかすかなひかりありうすいみどりの香るひのくれ

如水会館

こめかみに当った螺子のようなもの嫌な方向からだったこと

サンダース軍曹は職業軍人なりアメリカ仕様のカップヌードル具だくさん

穂村弘に。短歌研究新人賞選考会。

トイレが、近くなったと理解しあう如水会館誓いの場所にて

焼け跡の一覧表だ男女女／女男／男女男出鱈目にもほどがある

彼女はさりげなく拒絶した。

俺んちでシャワーあびてけ沈黙の二十一秒経過して、けん

両耳を擦《こす》って白いシャツを脱ぐ退場というやすらかな蜜

存立危機事態

場所はおぼえていないのですが銀いろの翼がもげてばさりともげて
たぶんゆっくりあなたは起きた軍楽の喇叭の響きこの部屋の朝

スマートなデモだねどれか実が朽ちて生まれるものがあるかもあるる

国会前の動画を見ている↑整然と↓ひとり言葉のデモンストレーション

集まんなきゃ意味ねえぞ。さはさあれ言葉の汗というもあるべく

ポチひとつ蒼い画像にくれてやる雨の国会議事堂の蟻

デモ参加者は3万人／12万人雨雲が窓にひんやり貼りついて居り

主催者発表との差異。

集団的自衛権を行使する「具体例」二つ（日本国政府）。

みゆみゆ、またもや、みゆみゆ行進の果てに翻る星条旗みゆ

「(1) 日本の周辺で有事が発生した際の米軍艦船の防護」

ありがっとありがっと諸君精密な電子部品の船だニッポン

「(2) 中東・ホルムズ海峡での機雷掃海」

機雷探知機高周波にて海峡の機雷を識別するはおおテクノロジー

「米軍のニーズに的確に応えるには行使の基準に『幅』を持たせる必要がある」

落下傘着地寸前機銃掃射（ニーズだと）ちょっと正直すぎやしねえか

壁紙のような苦役のちこちこと秒針が街を散歩していた

貝殻にみちているのは貝の肉　兵役義務兵役免除兵役拒否

集団的自衛権の行使には「必ずしも死者が出ることを必要とはしない」

死者なき戦争それをかなたの虹としてぼおんぼおんと顔が弾ける

笛ふいてだれも死なないふえふいてだれもしなない、否なしいななし

福島第一原子力発電所に。

under control 汚染雨水の海原に流出せり under control とめどなく

運がいいなあ夏雲ぐろーり病室の窓から見えるものは少ない

空より垂れて小児の腕に刺さる針　さふらんいろになにごともなし

めやべあろめまぐるしくて嘔吐する　俺はしずかにNOを言いたい

鈍いろの空にけむりのはいあん、あわいけむりのはいあん、はやも

冬の画像

心と言葉は同じはやさで朽ちてゆく原っぱの工具箱のペンチ

なんだこのぶつぶつという雑音は　強制終了鰐の歯を抜け

言葉にほそい腕が付いているぎしぎしと縛っているのはそいつの親だ

監視なんてもんじゃないЛагерьメンバーがいませんとシステムは言う

収容所あるいはキャンプと訳されてこんやはたぶん硬い鹿肉

あちこちに奇妙なタグを付けられたそれってきっとこんぺいとうさ

真っ黒なものが俺から逃げてゆく核磁気共鳴画像法装置

ミネラルウォーター日和

さくらんぼこばむものなどなにもないひかりにふれるときのやさしさ

鏡の断面／みどりの川に手をひたす／iPhone 果てしないアップデート

風を閉じこめてみたんだ。さみどりのタッパーウェア、ぱんぱんでさ

人口の口、口、口、口のない人は小さな穴が顔にある

切り落とした食パンの耳やわらかく焼かれた耳も近くにあって

思いがけなくふかぶかと毛を刈られ小動物はセロファンのなか

ただひとり俺によく似た死者の待つプラットホームあり細長いプラットホーム

緑色《りよくしよく》の路面電車の車輛きて終点となる誰もしゃべるな

二〇一六年五月。オバマ大統領、広島訪問。

すきとおるオニオンスライス酢にひたす兵役のない国に生まれて

「戦争のさなかに指導者はあらゆる決定を下すということを忘れてはならない。それを検証するのは歴史家の仕事だ」（バラク・オバマ）

ニュークリアウェポンと言うなめらかに氷の塔の輝く彼方

「僅かながら進展した。核兵器の保有量が大幅に増えることはなかったからだ」（同）

剃刀が瞼にふれるしばらくを仮死状態のわたくしである

デコポンが飛んでゆく空デコポンはかつての敵のいびつな顔だ

おそろしく時間のかかることなのだ。

楠の葉のさやぐときふり仰ぐ始まりの、始まりの、さわ、さや

apology 文字ほそほそと静かなり焼きはらわれて夏の魚介類

真摯さのしんそこ暗い眼をしてる水流の響く深夜の食卓

オバマ大統領は、アメリカ軍岩国基地を出発した。

ヘリコプター二機着陸すどちらかに大統領は乗っていない、着《ちゃく》

「子どもたちが何が起きたのか分からず、恐れおののく姿を感じざるをえない」（バラク・オバマ）

閃光が広がり、そして想像は難しく恐怖の真ん中に立つ

マッシュルームクラウドと言え溶けだした叫びの量《かさ》をただ想うのみ

一枚の皮膚であるときわたくしはひりりと青い光を放つ

室内に典雅な椅子をちりばめて選択肢のある世界と言うか

ダンチャーク、ダンチャーク富士総合火力演習三万人の歓声

ゆるやかにバスのタイヤの進む日の千竈通《ちがまどおり》二丁目乗降客無し

どこに扉があるのかバスの音声がちがまちがまちがまお知らせください

停車しない停留所ありつまりその、頭に穴を開けられた俺

ぁまっさぇぁらゅるものは収縮し血管に負担がかかってぃる

スポンジを押すと噴き出る泡粒の愛撫のさなかまざまざとなる

ポンコツのコツがさびしい音だなや五十六年間稼働した果てに

傾けてごりっごりっごりっ胡椒挽きから散る黒胡椒、終末は些末

ぴっ　バス前方の閃光はすべてのものを透明にする

あたかもひとりミネラルウォーター日和でさ　朝はそうでなくてさえからっぽ

絵日記

ひざを曲げラジオ体操新しい朝あかねさす日本《ニッポン》の朝

ばかな、長い戦後を生きていてミンミンゼミのミーンミンミン

原爆忌、人は集まり牡蠣殻の内なる牡蠣はとっぷりとあり

（お）気持はだれにでもある夏雲の影が道路をよぎるときのま

文鳥のきみどりの糞おちにけりさはさりながら午後の絵日記

ドライフルーツ

内臓はひどく粗暴だそれでいて夜明けの海のようにやさしい

朝刊に載らざりし事件あり泉の底の六つの穴に

千種創一に。

風は前から吹いてくるから雨つぶに混じっていたのはたぶん砂粒

チチチググ詩の管理人ちちちぐぐぐ抽象的な顔こそよけれ

プラットホームに風が流れて朝である水分とってください、ありがとう

いも焼酎をもってこい　ちゃっかりと短歌と長歌取捨した果てに

てのひらにドライフルーツひとつふたつみつめあうまでふたりでいたい

撫でているかなしいものをきみの目は時おり暗く何を見ている

じゃあまたと呪文のように言い放つ五条通のおとこはふらち

ほろほろと竹の風鈴それはもうへんてこりんな一日《ひとひ》の終り

離脱するむらぎものぎもゆうぐれに心はもっとぎりぎりになる

洪水は言葉のなかに洪水はわたしの口の中に始まる

セロリ

冷えびえと二枚の月が交差してつぶれた街に突っ立っている

それからというときなのにスカートが香るわたしのちいさな眩暈

水栽培の野菜ひとひらさくさくとひかりのなかに　寒くなりそう

画鋲を抜いた穴があちこちきらめいてあなたはそっと性器をさわる

雪がとおくに降っているのを見つめてるマスクのひもがやわらかいです

わたしはねわたしはねってつぶやいてセロリの筋をとっていました

ゆめの散歩

黙りこくってふたりの散歩さらさらと花粉のように散るひかりあれ

カーテンの翳と光を束ねたらあわあわあわとして裸体のあなた

瘡蓋の雲がぼんやり貼りついた空だなとても生きていたい

水底に本のほどけてゆく夢のそろそろ覚めるころだろう

スプーンに蜜の溢れる黄金のねむりをすこしわけてください

ビー玉のなかに小さな羽根があるあなたのひえた性器にふれて

黒糖の飴をしばらくなめていて今てっぺんに行っちまったら

きっと光の裏側はもっとまばゆい或る夏の日にわたしは歌う

再起動

でこぼこの絵の具のチューブを押している天使の鼻のようなかたさだ

＊＊＊＊＊　＊＊＊＊＊＊＊
コード入力　コード入力　罅割れたコンクリートの顔現れる

ヘルプデスクのオペレーターのオリエンタルな日本語は俺を酔わしむ
ヘルプレスデスクにかけてみることだ水銀の滴るような声が聞こえる
再起動…のたりと回ってる……・…・…さいきどうちゅう

ヘルプレスぱわぱわぱうぱうＰＣのやさしい声を解放してやる

終着駅にコインロッカーあることをこころの隅に立てかけておく

Amazon の箱は大きながらんどう女性専用車輛に噎せる

てのひらも梨デニッシュもやわらかく週末の午後こすり合ってる

月光がさらりと床にひるがえりさむいなあさむい肌は抱きあう

歯車ふたつ左右に回る精確な指は捉えるあなたの器官

強情なシャワーヘッドだ硬くってちっともこっちを向いてくれない

引く紐のちぎれる夢のちぎれるのぎとれの文字がはみ出している

明け方のバナナの反りのゆるやかにあなたをさらう薄い息して

薔薇の薔と薇をまきちらす言葉には香りがあってふたりを壊す

つぶ

クッキーはちっちゃな音の粒だからラタタすなおに耳はよろこぶ

踏みしめているのは砂でないような　らささ、らささ駆けてきたひと

順番にナッツを口に放りこむだれも無邪気じゃいられないなら

しばらくは飴玉あってほっぺたはしわしわになるあわれうちがわ

てのひらにちいさな沼が見えている消灯までのつぶやきのなか

寄り道

とまります呼続大橋《よびつぎおおはし》ねむたさはどうやらきっと目の奥にある

雨粒のあつまるさまを窓にみて心配ごとは削除できない

くっついた唇ひとつ剝がしたらとめどなくなる友だち申請

残業の上限そこは眩くて苺ジュースのジュテーム・ア・ラ・フォリ

寄り道を許しあおうよ花いろの空に太郎が寝転んでいる

春の家族

インプット／アウトプットを図に書いて息子の脳を真ん中に置く

ペナンの島はGoogle Drive に保管してわれの届かぬ雲の中なり

短期留学はバカンスだ。

メールぐらいよこせと怒鳴る零時過ぎ新瑞橋《あらたまばし》から歩いてきたか

娘、二十一歳。

たけのこのほろほろ苦い就活のバッグを春の街路に運べ

頬肉をあつめて笑みをつくり居りアンドロイドのつるつるの頬

計画的避難区域の家族に。

田園は削られて居り分断のふかぶかとして川を渡らず

ゆうかぜにわれはふかれてきたりけり大須観音南無聖観世音菩薩

花冷えのひかりのなかにきみはいる白い薬のようなやさしさ

わが狭庭柿の若葉のまぶしさに子はスーツ着て家を出てゆく

また雨がふってきたかなぱらぱらと早川自轉車商會のシャッター

鳴海商店街と言ってもほとんど廃業。

すれすれでフロントガラスに当たらないすらり燕の飛び交う通り

近藤油店。「あぶらや」と言っていた。軒下に燕の巣があった。

鳴海保育園。

紺色のスモックだぶだぶわたくしは鶴の折れない園児であった

ある日、太田薬局が火事になった。炎を見たことをはっきり覚えている。

昼火事に園児百人裏山に登った登った薬局の火事

藤村屋は菓子問屋だった。

三叉路のまんなかあたり石ころが溜まっておったそこまで走れ

自転車に乗れなくなった母がいて珈琲豆をこりこりと挽く

灯籠の庭の向こうにひっそりと昇郎九《しょうろく》じいさん居りましたとさ

手の皺にメンソレータム擦り込んで母は父との時間を過ごす

扇橋渡りきるとき振り返るそこに誰かが立っていてほしい

ひこばえのふかれていればほそほそと心の果ての辺境に住む

隅っこでセロリ育てているような青春だったさ死は遠ざけろ

一万キロの旅路の果てに波はあり夢の翼をたたまずにいて

4×13の通気孔ありここはおそらくグリーンランドだ

彼方からガンツゲナウと声がして格安スマホに乗り換えてきた

でかいバッグにモバイルＰＣぶちこんで不機嫌だなあ子は出て行けり

イヤホンを耳におさめていたりしがそうそううつの躁はとび出す

蟻

カーテンをひとさし指であけているあさの小雨はついさっきまで

ああだから日差しはじょじょにひろがってはちきれそうなおぐらあんぱん

ミサイルが東北東に飛んでゆくじゅもんのようなアラートは待て

だれだって病室にいて台風の目玉とってもくりっとしてる

からっぽのペットボトルに蟻がいる戦争が終ったようなまひるま

未明　　二〇一七年六月十五日

テロ等の等はなにゆえ明け方の投票結果をニュースに見て居り

〈岐阜美濃午前０％〉は表示され議員は何を協議している

白票七列青票三列あることの呆然としてトースト囓る

テロリストはきみの頭に住んでいるラッパ飲みしてファンタグレープ

〈岐阜美濃最高30℃〉暗黒のテロップ流れて居たりけるかも

監禁ゲームの三畳に突っ立っているビニールシートに垂れ流しせよ

そのひとの杖は烈しく道を突く（つきにけらしも）こんと響けり

ジンジャエール色の日々

りんかくはひかりとおもう食卓の皿に盛られて朝のレタスは

幾本も錆びた線路が横たわる俺の居場所はおれの体だ

蝉羽月《せみのはづき》のさやさやと過ぎ空いろの詩人のふみは届くのだろう

ぬおおんとキリンが低く鳴いている午後の獣舎は土砂に溢れて

じゃがいもに胡椒の粒がくろぐろとかぐわしければ蹟け、少年

どこにでも今があるってたのしいぞジンジャエールを飲みほす感じ

水よりもやわらかいならくださいな　うすむらさきのきみのくちびる

隣室に充満している百合の香のひとすじドアの隙間からくる

うたたねはラリンクス、ラリンクス　しおりが本をすりぬけてゆく

しょっぱなと言われたような　しょっぱなにスイミングスクール襲撃事件

ひさしぶり肩をたたいてくれるのはひかりの香るようなあなただ

都市部で自爆テロ。
むらさきの遊戯も終ったゆうぐれのこころのドアを探してひとり

United Nations Peacekeeping Operations
あしたにはひきあげてゆくニッポンのやましいことはなにもないけど

ミサイルが届いた。
あからさまにみんなほしいと低い声　朝にはすべて終っていたのだ

テロリストは心に。

しらないうちに眉毛を剃ったきみだから遥か東の国境まで行け

バーコードぶっと読み取る振動のゆびに響いて共謀だろう

なんめりと近づいてくる人間のあ、もしかして俺）冤罪モード

ジンジャエールの泡がたちまち消えてゆき午後の広場を監視している

秘書官にわれわれはあらねどレシートの五桁の数字を分断したり

暗闇は球体であるゆんわりときみにあたって破裂するまで

充電だ充電せよと怒鳴られて白いコードをさしております

それらしいファミレスあって入っていくドレミファソラシ自爆犯A

夢が出口を探して俺の顔を引き裂く　緑色《りょくしょく》の洪水だ

ヘイトスピーチ袋のなかに放り込んでる　灰皿に火がみえて
みんなしょっぴけみんなしょっぴけ蜜をたらして剛毛の子どもたち
苗字名前を苗字／名前にしてくださいソーダで割ったジンジャエール

すこし齧ったところに苺ジャムを塗る無邪気な人は処置室に行く

たぶんだいじょうぶそれでじゅうぶんグラスにグレープジュースはみちて

あ、あくびがやってきそうだ親指が離れてぱらぱらめくれるページ

鉛筆の芯が埋まったてのひらの芯はどこかに行ってしまった

II

びょうびょう

だれに電話をかけたっていい地響きの続く道路の端っこにいて

天国にも別れはあるか処置室は梨の香りにみちてきて、水

ほほえむよりは笑ってほしいときがある風のはやさで走ってきたら

どこにでもわたくしはいる原っぱにビニールシートを広げていれば

羽ばたきの音に見上げているばかりこんなに澄んで雲ひとつ浮く

草原のここから虹が伸びている冷たい風に髪はふかれて

晩秋の渚のようにゆるやかな曲線のさき息づくものは

顔に目をのせてあなたは待っているうすむらさきのひふを纏って

やわらかい扉をひらくあかあかと性器はひどいフリークである
足《あな》うらにあなたの指があたるときあちこちおもちゃが動いているね
してという唇がきてうす青いひかりのなかにあめが降っている

白い根の水にからまる深夜にはひんやりとしてすてきなまぶた

くらやみでふれるあなたの葉脈のような体が水になるまで

石鹸の白い薄紙ざりさりと剝がしていたらあなたはいない

終バスの座席は青く連なって月のひかりのまんなかにいる

新しい胴体がある工房の箱に手足が折り重なって

おとうとが死にたいと言うオロナイン軟膏くびにすりこみながら

見切られたボンレスハムは怖ろしい紐にまかれてそのままである

冷凍のエビフライありひりひりとうす暗がりにきれいにならぶ

郵便受けに手紙のような顔がある一枚、二枚、顔じゃなくなる

鍵穴に人さし指が巻き込まれそれでもそこはやわらかくって

さんさんと朝の車輛に人間の顔はおおよそ同じ位置にある

大いなる風は過ぎ去り仏頭のふてぶてしさよころがっていろ

たちばなのならまろの変そんなもんありとあらゆるちりがみのなか

薄闇にめっちゃめっちゃと声がしてわたしは耳を噛まれたくなる

こりこりと胡椒の器まわりけり肉のうちなる肉の塊

黒い鞄にマスクメロンを押し込めて（それはよかった）逃走前夜

顔面神経痛顔をとらえて或る朝棒になってしまった

びょうびょうとくちびるが言ういくぶんかぼくの弁当箱が匂って

レントゲン装置に顎をのせている怖ろしいこと起こりはしない

日本製の文字を集めて一行に並べていますゆうぐれのむら

あまつぶのような文字だとみていれば床にちらばる小さな音は

フィギュア

なにを奪われているのかわゐわゐとおまえは口を動かしていろ

チューブから水っぽいケチャップ噴き出してちょっぴり暗いプレミアムフライデー

青信号の点滅終るもしかして予期せぬ調和なんてあるのか

祝、ニューウェーブ30年。心臓がきりきざまれたフィギュアだ（心）

雨脚が市民プラザを通り過ぎ　みんなきえたねみんなきえた

終電の車輛はみょうに明るくて車掌が黒いふくろをはこぶ
みぎひだり白いイヤホンつけながらあのバスに乗らなきゃ乗らなきゃ

鳴海

ちちのみの父はよろこぶあかあかと鳴海の浦に躍る日輪

ははそはの母はほほえむ鳴海潟ひとりふたりと集まる家族

反詩歌都市

星崎の闇のひとひらバス停のベンチにみえて啼く塩男《サラリーマン》

少年の輪唱遥か校舎から大名古屋《ダイなごや》大名古屋《ダイなごや》、終戦

名古屋の気質は反詩歌なのだ。

明け方に雪がふりそう背を向けてねているきみはそのままにして

そこに歌人の存在理由がある。

王宮は殻に白身がくっついてでこぼこのモーニンググローリ

平成元年、名古屋市制一〇〇周年記念。

自販機のコーヒー□□□□□砂糖□ミルク□□□デザイン博に

春日井建に。

ビニール傘は雪のひかりに開かれて鶴舞公園うたびと降り立つ

谷川電話『恋人不死身説』批評会。

マスクした恋人たちの沈黙に日本特殊陶業市民会館

わんたんめんって鳴くのは電話　平和園閉店前にうたびとさわぐ

勤務先は栄一丁目にある。

シェーバーを充電器から取り上げて出社せよ昭和九十三年

左回り新瑞橋《あらたまばし》循環バス。

のど飴をもそっと入れる朝のバスちょっとマスクを下げてわたしは

構造改革《リストラ》がやってくる。

手羽先の骨をひろげていることの痛ましく明日人々は去る

さみどりの自然滅というフィールドにわたしは眠る鳥が来るまで

錦三《きんさん》丁目という迷宮。

硝子のようにやさしいあなたライターの炎がくっと吸い寄せられて

今池五丁目を調査。事件性はなかった。

天井がぎんいろだったそれのみを手掛かりに赤井探偵事務所

ゆびさきに案内されて柑橘の闇のからくりしりそめにけり

霧ながらヘッドライトの交差する詩歌は轢かれ街のまぶしさ

そしてどこかに

ゆびさきはカードを入れる銀いろの通路をそのまま入っていった

なにかにひっかかっているだってちっとも千円札が入っていかない

路線図に真っ赤な線が垂れていてどうもいつもとちがうとおもう

なにそれ、と言われちまったiPhoneの小さなほねをきみにみせたら

宿題の数式ほぐれ落ちていて夏ひっそりと膣をはう蟻

よくしたらアロンアルファが溢れ出すおんなのひとの指のかたまり
石鹸の箱の匂いをかいでいるいいいいそしてどこかに行こう

たぶん

かもしれないドアの向こうに人がいるかもしれなくてすごく光った

っていうか、いっしょにいたじゃんきらきらとショーケースに子犬がならぶ

しなやかな性器をそっと携えて海辺の駅にあつまりましょう

たぶん、ぶつかったんだ　ぼくたちは別の電車に乗りそこなって

なんでって〈次へ〉をタップTシャツと短パンの子が渚を走る

あ、あ、あのヵヵヵカトウデス（困らせたくはないのです）はじめましデス

改竄は鼠に似てるタタタタタ、夕夕夕夕夕夕夕、ゆうぐれの花

果樹園

遠くからきて風の目がすれちがう）ニュースペーパー（もし生きてたら

合鍵で造る合鍵いくつかのコミュニティーを放置してきて

そっちに行けば苺畑が見えてくる永遠病のぼくたちのため

ゆめが破れる音が聞こえてきたのですあんまりひどい音におどろく

花筏うかれてこがれあしたには浮かれてこがれはかなかりけり

耳たぶのようにやさしく虹いろに病んでいて今、言葉が走る

くちびるの奥には舌と歯があればなめらかな密林にきている

シャープペンシルの消しゴムにたよらなきゃならないような俺たちである

会場の監視カメラの存在をご存知なのはさすがです、デス

蒼白のエリートたちがもう一度チャンスをやると俺に言うのか俺に

ふしぎにふとい飛行機雲が青空のすこし手前を流れてゆくよ

ならず者そう呼ばれたいときがあるキーケースにキー五本束ねて

八十二円切手を十枚届ける。

蜂の巣のように瓦は朽ちているそれでも母が住んでいるのだ

母は、昭和三年生まれ。

妹の近況を言ういくつかの矛盾はたのしうなぎパイ齧る

母がいてほかにはだれもいないから実家というのは果樹園なんだな

七月の風

打ち水の路地にたたずむもしかしてなにもなかった昭和の町に

ほしいまま雨に打たれて居たりけり戦前の石戦中の石

炎天の博物館の階段を上るわれらは骨をうごかして

たたまれて日傘の誘うままに行くうす紅《くれない》の奥の院まで

かみなりのうすむらさきに照らされて俺は激しくなりにけるかも

虹みえて声上げるときよろこびは隈なくめぐるふたりの部屋に

うす闇にさめてもここはゆめであれ裸体のひとのほのかに香る

虹鱒のうち重なりてにぶき音　この夜の果てはどこにあるのか

文字

風が強くてまぶしい朝に歩いたらすべて虚《たの》しい構造である

換気扇とめてもきりきり、きりきり、なんの音だか耳が冷たい

ここんとこって言うなここんとこエレベーターでねむっちまうんだ

ヌン街は手足だらけだ精巧なマシンが通ったことだけ分かる

叱叱叱叱と文字が噴きだす戦場を駆け巡る俺は衛生兵だ

不祥事、謝罪、不祥事、不祥事、謝罪で彼はあっちに逃げた

セキュリティ質問。

両親が出会った町はと聞かれてる一郎とミユキ出会った町は

詩のように通過してゆく駅名の鶴舞《つるまい》という風に吹かれて

一郎とミユキは出会うこともなく書架から一冊ずつ消えてゆく

中澤系に。

ぼくたちは再生のためぼくたちは再生のためうたうとしよう

あるかないかの陽炎のほのかに見えた犬の顔、パトロールカー

ゆくらゆくらにあま雲のたゆたう心むらきもの移植せりけり

水鳥のはかなき跡にキャリア積む男ありけりそれも終りだ

もうあなたかわいていいるねさやさやと髪はなびいてうすむらさきさ

スポンジが水をたっぷり吸っていてあなたは意味を見出しなさい

鈴掛真に。

どこを掴まれたのだろうきみの手はただひっそりとそこにあるのに

きみは今そこに立ってるもうなにも始まるものは俺にはなくて

そろそろというときがきてきみの目は遠いレモンのように明るい

耳たぶを触らせているそれはそのちょっとひっぱってほしい気持ちが

文字は線、四方八方伸びている風に震える若葉のなかで

そうじゃんか純粋だって思ってもだれかのいいね欲しがっている

くとうてんめがねはたぶん鼈甲でぐてんぐてんのとうさんいたら

燃える耳／―燃えない耳を赤いボックス／―青いボックスにほうりこんだ

悲しい顔を青葉の闇に沈めたりそれすらすこしためらいながら

ひっそりと裸体の芯をつきとめて何時だろうかひかりはねむる

そのうちにあたたかい沼どこからかゆっくり指をいれてまどろむ

文字は言葉に背いて紙の家に棲むあなたのむねのようなくらがり
封筒に切手をのせるゆうやみのむこうに届くいくつかの文字

メイ・アイ・セイ

詩集からパラフィン紙剝ぐこんなにもくしゃくしゃにしてふたりは眠い

シャンプーのポンプのような感触に慄きながら止めないでいる

石鹼に小さくなった石鹼のくっつくもはや終末である

勤務している限り支払う保険あり5、4、3、2、1、0、苺

消火訓練実施対象者は六階の社員であるが出向者は除く

安全栓を引き抜くんだうすあおい目をしてきみはちゅうちょしている

でっしゃろとキャベツ畑がさわぐのでどんなあしたがきてもいいのだ

かりんとうこりこり齧り秋の夜やみな歌う善人は早死

暗くなるのが早いね早くなったねとバスの一番後ろの座席に

メイ・アイ・セイとジュリー・ロンドンさようならぼくを救ったブラック・バード

絶望とかんたんに言うそれでなくてもグリンピースのとれたシュウマイ

空気清浄機の青いひかりみゆあめのひふたり息をかけあう

喩の過剰摂取であったひまわりのみしみしとしてひまわり畑

朝日のあたるマックにふたり包み紙はそのままにして淡くなっている

ちりるると水にちいさな声がしてかなしみなさい人生は長い

百人一首

いもうとは取り札はらう春の夜の夢ばかりなる家族の時は

ははの声朗々として人はいさ心もしらずされど家族は

冬虹

それはそれは長いめまいでありましたおなかをあるくぎんいろの猫

冬虹の脚が林におりてきてきみから先になにか言いそう

ミジンコの形に雲がひろがればもうしばらくはこわれたくない

羽蟻のような文字のつらなる手帳みてそろそろ、そろそろ帰るとしよう

キャラメルの箱をかさかさ揺らしたら一粒あってきみが愛しい

ブレラアンブレラあなたのくちびるがからんでるブレラとってもアンブレラ

小枝

音数が足りないようだざっくりと結句に埋める青い球根

日が差して貸しコンテナのかたかたと猫があそんでいるのかい

舞いあがる雪をみつめているばかり温かいのはふたりのからだ

痛みさえ奪われてゆく明け方に遠く列車の音が聞こえる

そのへんの石ころこんと蹴散らして浅いポケットに指をつっこむ

私は七十七歳になった。

車椅子の輪はまわりけりまわりけり回想録のひとところ、花

水の絵を揺らしてみたらつめたくてあなたのゆびが瞼を撫でる

もう自分が何歳なのかよくわからない。

テアモってささやくあなたテアモっておやすみなさいと思っていたの

カーテンに小枝の淡いかげ映りきみは私を故人と言った

混乱のひかり

平成元年（一九八九年）二十九歳。

よのなかに歌舞音曲のあることを知りセイセイと放り出された

平成二年（一九九〇年）結婚。住居は川口市芝中田のメゾン高柳。
SEのスタッフとして日本橋に勤務。

公園のみえるベランダここに棲むふたりは青いサンダル履いて

平成三年（一九九一年）第二歌集『マイ・ロマンサー』刊行。ニューウェーブと呼ばれる。

！と1と0の集まる水槽の！と1泳ぎ0は跳び出す

平成四年（一九九二年）日本出版クラブ会館にて『マイ・ロマンサー』を語る会を開催。
最後に司会の穂村弘は言った。

もう勘弁してください／呂呂呂呂呂　海底二万マイルを渡る

平成五年（一九九三年）夏、マウイ島で過ごす。

そうだけどきみのストローどっちむきあっちむきってホエールウォッチング

平成六年（一九九四年）第三歌集『ハレアカラ』刊行。

歳月というには早い青年のまるっきりからっぽの太陽

平成七年（一九九五年）長女誕生。評論集『ＴＫＯ』刊行。

罫線のあわいに文字のあらわれて父となる日を我につたえる

平成八年（一九九六年）小林恭二『短歌パラダイス』の歌合に参加。

目を閉じてくださいそしてこの歌を読んでくださいさい空のあかるさ

平成九年（一九九七年）長男・次男誕生。名古屋に転勤。有松に棲む。
歌画集『ゆめのレプリカ』刊行。

かなたから双子の船の見えてきて大慌ておお言葉は躍る

平成十年（一九九八年）第四歌集『昏睡のパラダイス』刊行。

有松の坂のポストに献本のパラダイスありひとにしらゆな

平成十一年（一九九九年）『岩波現代短歌辞典』刊行。

終盤は「結社の力を見せてください」奇妙な声が編集委員に投げかけられた

平成十二年（二〇〇〇年）鳴尾に転居。母の故郷である。直後、東京に単身赴任。

アルカンシェール三軒茶屋に棲むおれはしょうもない週末どこに帰ろう

平成十三年（二〇〇一年）オンデマンド歌集出版「歌葉《うたのは》」を創設。
選集『イージー・パイ』刊行。「うたう☆クラブ」コーチに就任。

easy と曲は聴こえてだれもみな easy となれだれもだだれも

平成十四年（二〇〇二年）再び、名古屋に転勤。鳴尾に住む。

あいさつと表札のある近所なり狭庭にときおり猫がまぎれこむ

彗星の尾につつまれて少年は泣きじゃくる歌の終末ほのか

平成十五年（二〇〇三年）夏、万座ビーチに遊ぶ。「未来」の選者になる。「彗星集」スタート。
前川佐美雄賞選考委員に就任。第五歌集『ニュー・エクリプス』刊行。

すみっこに風が届いてすみっこに歌がうまれた春の詞華集

平成十六年（二〇〇四年）現代短歌文庫『加藤治郎歌集』刊行。

草色の便箋にある激励は「何卒思ふ存分に」南青山、小市巳世司氏

平成十七年（二〇〇五年）「毎日歌壇」選者に就任。『短歌レトリック入門』刊行。

平成十八年（二〇〇六年）第六歌集『環状線のモンスター』刊行。

からだじゅう生き物である感触を抑えきれずに新しくなる

平成十九年（二〇〇七年）五月、斎藤茂吉記念館を訪れる。

日の射して表情変わる茂吉像きびしきことを我は思えり

平成二十年（二〇〇八年）夏、北海道の留寿都《るすつ》で過ごす。
第七歌集『雨の日の回顧展』刊行。

子らつれて山のふもとにある道をあゆむ気球は北に流れて

単身は弾丸なるか銀いろに就任ふたつ出演ひとつ

平成二十一年（二〇〇九年）再び、東京に単身赴任。「NHK短歌」選者に就任。
「短歌研究新人賞」選考委員に就任。「夜はぷちぷちケータイ短歌」に出演。

なめらかな肉をツイート、リツイート、リツイートきみに近づいている

平成二十二年（二〇一〇年）Twitterを始める。会社ではCS（顧客満足）に関わる。

ぬるぬるとビルが左右に撓うのを見ている社員、沈黙のなか

平成二十三年（二〇一一年）東日本大震災。その時、中野坂上にいた。

平成二十四年（二〇一二年）「未来」名古屋大会。
第八歌集『しんきろう』刊行。『うたびとの日々』刊行。

仰向けに蟬のなお鳴くひるさがり言葉の果てにうたびと集う

平成二十五年（二〇一三年）再び、名古屋に転勤。冬、八重山諸島に旅行。
『短歌のドア』刊行。「新鋭短歌シリーズ」を監修。

水牛の曳く車ゆき海瀬《うなせ》ゆき由布島かなたうからはねむれ

平成二十六年（二〇一四年）父、世を去る。
岡井隆より朝日新聞「東海歌壇」の選者を引き継ぐ。

思えば思えばまこと愚かな息子なり炭酸水の弾けるままに

平成二十七年（二〇一五年）ポール・マッカートニー武道館ライブに行く。
第九歌集『噴水塔』刊行。『家族のうた』刊行。

イエスタデイ、声澄みわたるひとときをあやまちはただあやまちだから

平成二十八年（二〇一六年）「未来」東京大会。野村喜和夫と語り合う。
『東海のうたびと』刊行。

言葉はジャンルに従属するか現代詩現代短歌じょじょにとけあう

平成二十九年（二〇一七年）台湾の旅、十分《シーフェン》に。

願いとは手をはなすこと天燈《ランタン》は小雨の夜に舞いあがりけり

平成三十年（二〇一八年）第十歌集『Confusion』刊行。
シンポジウム「ニューウェーブ30年」開催。

波のうまれるところを想う混乱のひかりが俺を生かし続けて

平成三十一年（二〇一九年）五十九歳。

ヘイヘイと口をひらいて俺はゆくひとり天皇陛下の内《うち》に

サン・サン・サン

あさの光の切れはしが床にある燃え尽きたのは俺の言葉だ

タリオリーニ、トルテッリーニあわあわと春のレタスをフォークにのせて

太陽のひかりの巡る肉体をさみどりのなか抱きしめている

手放すと紙ひこうきのさきはふと空のかなたを指してうかんだ

くしゅん、くしゅん、スワロフスキークリスタル、くしゃみはとってもしょうがないね

雲のすきまに箱庭の犬をみていた一匹ねころがっている犬

電線にビニール袋ひっかかりぼんやりしてる春のゆう雲

パロールは拡散したりローローローくちびるかろくローローロー

燃えながら花より薄いツイートを返すあたりのあちこちに顔

バリスタズブラック苦くいまはただべらぼうな美を否定すべきだ

出勤を想定しながら或る朝に俺はがりんと脚を失う

そんなことわかってたって返信はないけどきみは棺を視たな

火はひとり炎はふたりふりしきる花びらをてのひらにあつめて

ざわめきのスズメバチ飛ぶ会場に救急救命士かけつけてくれ

みなもとは世代の憎悪と知っている鏡の奥に散るさくら花

青空の言葉のように雲は湧きなにもきこえてきませんね、　もう

悪名は花にはあらず空言の飛び交う庭に俺はひとりだ

わかりあうなんて妄想だとしてもほそいひかりの瞼をひらく

退場を迫られている（ありがとう）真っ青な空のまんなかあたり

電線のたわむゆうぐれくろぐろと平成時代の果ての電線

内臓の容器であれば温かく銃乱射事件の街に降り立つ

ダダッ子だそうダダッ子で太陽の歪んだ顔がど真ん中にある

太陽の性器がゆっくり降りてきて焼き尽くすまでべらぼうである

ぬばたまの月のひかりに照らされてきみの背中はほどけ始める

その姿勢から開脚前転かんころり笑い飛ばせ（笑）笑い飛ばせ

太陽にはらわたがありどるどるととろけてはまたほとばしるのだ

角《つの》のように反る腕がありしんしんとひかりのなかのひかりの芯よ
みなさん（笑）あの、みなさん（笑）シンポシオンの終りみずいろ

そしてここに

みずいろの手紙をひらくゆびさきに朝のひかりの一粒あそぶ

おおぞらに七七鳥《しちしちちょう》は墜ちてゆきなにも生まれていないおおぞら

セイロンに行きたい俺はセイロンのライオンに腹を噛み千切られて

雨の日は髪がぺちゃんこ（出ておいで）とても親しいプルーデンスさん

包丁に水を流して昼ふかしハイハイファイファイ躰が響く

ゆっくりとバナナの皮を引きおろす昭和平成令和のひかり

あかねさす日は照らせれど自転車は青葉の闇をひた走りたり

あとがき

一九八五年五月、岡井隆のライト・ヴァースの光に導かれて、現代短歌にコミットした。そして、平成時代を駆け抜けた。「混乱のひかり」三十一首に試行錯誤のドキュメントを残した。「ジンジャエール色の日々」「サン・サン・サン」あたりを読むと、平成を貫いたスピリットが感じられる。

1　私の苦を負わない歌
2　機知に溢れる成熟した歌
3　知的に洗練されたレトリカルな歌
4　風俗的で口語文体を基調とする歌

現代短歌におけるライト・ヴァースの再定義を試みた（「短歌研究」二〇一九年六月号）。一九八六年、歌壇では若者の口語による軽やかな歌、都市風俗のスケッチという方向に収束した。が、岡井隆の企図したライト・ヴァースは、成熟した精神で人生観・世界観を詠う大人の文学だったのである。

一九八六年に二人の前衛歌人は、ライト・ヴァースを志向していた。この事実を確認したい。塚本邦雄の「芭蕉の軽みどころか、凄みと等価値の軽みを私は志しています」（「短歌年鑑」一九八六年十二月、短歌研究社）という言葉は、彼方の光である。前衛短歌は、ライト・ヴァースだったのである。

革命歌作詞家に凭りかかられてすこしづつ液化してゆくピアノ　『水葬物語』

前衛短歌の開幕を告げる作品である。ピアノが液化するというシュルレアリスティックなイメージである。香り高いレトリックだ。革命を鼓舞すべき作詞家によって革命運動が解体してゆく様を暗示している。この歌のリズムは軽い。乾いている。句跨りが韻律を覚醒した。メタファーの導入と韻律の新しさによって批評性を獲得した。成熟した歌である。塚本邦雄は、出発点において真正のライト・ヴァースだったたのである。そうすると、前衛短歌の息子たちであるニューウェーブがライト・ヴァースをベースにしたことはよく分かる。

私は、成熟には程遠い。今年の十一月に還暦を迎える。しかし、今も意識は、青春を走っている。そのギャップに愕然とする。混乱のひかりを抜けてどんな世界が開けるか。実り豊かな第二の歌人生《うたじんせい》を夢みている。

本書は『Confusion』に続く第十一歌集である。二〇一五年一月から二〇一九年六月にかけて発表した四七六首を収めた。五十五歳から五十九歳の作品である。

出版に際しては、國兼秀二氏、菊池洋美氏を始めとする短歌研究社の皆様、ブックデザインの鈴木成一氏に大変お世話になった。深く感謝したい。

二〇一九年七月四日

加藤治郎

初出一覧

I

さきぶれ　「短歌研究」二〇一五年一月号
冬の遊園　「短歌」二〇一五年一月号
ボム　「毎日新聞」二〇一五年一月五日
飲食　「現代短歌」二〇一五年三月号
星と獣　「短歌研究」二〇一五年五月号
恋　「未来」二〇一五年七月号
光る砂　「短歌」二〇一五年六月号
如水会館　「短歌往来」二〇一五年十月号
存立危機事態　「歌壇」二〇一五年十一月号
冬の画像　「短歌」二〇一六年一月号
ミネラルウォーター日和　「短歌」二〇一六年八月号
絵日記　「赤旗」二〇一六年八月二十二日

ドライフルーツ　「短歌往来」二〇一六年十月号
セロリ　「短歌」二〇一七年一月号
ゆめの散歩　「弦」第38号（二〇一七年一月）
再起動　「歌壇」二〇一七年二月号
つぶ　「短歌往来」二〇一七年五月号
寄り道　「短歌研究」二〇一七年五月号
春の家族　「短歌」二〇一七年六月号
蟻　「琉球新報」二〇一七年五月二十七日
未明　「現代短歌」二〇一七年七月号
ジンジャエール色の日々　「短歌研究」二〇一七年八月号

II

びょうびょう　「短歌往来」二〇一八年一月号
フィギュア　「短歌」二〇一八年一月号
鳴海　「毎日新聞」二〇一八年一月八日

反詩歌都市　「短歌研究」二〇一八年四月号
そしてどこかに　「短歌研究」二〇一八年五月号
たぶん　「文藝春秋」二〇一八年五月号
果樹園　「未来」二〇一八年一月号～十二月号
七月の風　「俳句四季」二〇一八年七月号
文字　「短歌」二〇一八年七月号
メイ・アイ・セイ　「歌壇」二〇一八年十一月号
百人一首　「毎日新聞」二〇一九年一月七日
冬虹　「短歌」二〇一九年一月号
小枝　「未来」二〇一九年一月号～五月号
混乱のひかり　「短歌研究」二〇一八年十月号、二〇一九年四月号
サン・サン・サン　「短歌」二〇一九年五月号
そしてここに　「短歌研究」二〇一九年六月号

加藤治郎《かとうじろう》

一九五九年　名古屋市に生まれる。
一九八三年　未来短歌会に入会、岡井隆に師事する。
一九八六年　「スモール・トーク」にて、第29回短歌研究新人賞。
一九八八年　『サニー・サイド・アップ』にて、第32回現代歌人協会賞。
一九九九年　『昏睡のパラダイス』にて、第4回寺山修司短歌賞。
二〇一三年　『しんきろう』にて、第3回中日短歌大賞。
二〇一八年　『Confusion』刊行。山本浩貴＋h（いぬのせなか座）によるプロデュース。

未来短歌会選者。
毎日新聞毎日歌壇選者。
朝日新聞東海歌壇選者。

歌集　混乱《こんらん》のひかり

令和元年九月十日　印刷発行

著者　加藤治郎《かとうじろう》

発行者　國兼秀二

発行所　短歌研究社

郵便番号一一二－八六五二

東京都文京区音羽一－一七－一四　音羽ＹＫビル

電話　〇三－三九四四－四八二二・四八三三

振替　〇〇一九〇－九－二四三七五

印刷者　豊国印刷

製本者　牧製本

ISBN978-4-86272-625-4 C0092